KB251378

바람의 언덕

바 람의 언덕

정시우 동시집

발행처   도서출판 **청어**
발행인   이영철
영업   이동호
홍보   천성래
기획   육재섭
편집   이설빈
디자인   이수빈 | 구유림
인쇄   정우인쇄

등록   1999년 5월 3일
         (제321-3210000251001999000063호)

1판 1쇄 발행 2025년 12월 10일

주소   서울특별시 서초구 남부순환로 364길 8-15 동일빌딩 2층
대표전화   02-586-0477
팩시밀리   0303-0942-0478
홈페이지   www.chungeobook.com
E-mail   ppi20@hanmail.net

ISBN   979-11-6855-405-4(03810)

본 시집의 구성 및 맞춤법, 띄어쓰기는 작가의 의도에 따랐습니다.
이 책의 저작권은 저자와 도서출판 청어에 있습니다.
무단 전재 및 복제를 금합니다.

바람의 언덕

정시우 동시집

■ 시집을 내면서

많은 양의 시를 써야 하는 부담감과 학원공부와 늘어나는 숙제 등도 늘고 있기에 힘들어 소홀히 했습니다.

하지만 내가 쓴 시들이 늘어나는 것을 보니 조금만 더 쓰자 또 조금만 더 쓰자 해서 이곳까지 올라온 것 같습니다.

포기하고 싶은 마음이 굴뚝같이 높이 올라간 적도 있지만, 결국은 제가 시집이란 좋은 정상에 오를 수 있어 정말 기쁩니다.

처음 상을 받을 때 떨렸지만 꾸준히 하다 보니 상 받는 것이 좋아 조금씩 욕심이 생기기 시작한 것 같습니다.

그리고 학업 스트레스가 늘어날 때 맞춰 끝내니 기분이 좋았습니다. 이렇게 보니 제가 지금까지 한 고생이 당장 잊힐 것만 같이 즐겁습니다.

만약 제가 시를 안 쓰고 그저 평범하게 지냈다면 평소 늘 하던 대로 발표도 잘 안 하는 소심한 아이가 될 것 같았지만 시를 쓰고 상을 받게 되니 자신감이 생겨 발표도 늘었습니다.

 이 긴 시간 동안 작품을 쓰면서 저는 도전이란 것이 이렇게 큰 의미가 있구나 하고 생각을 했습니다.

 그동안 시 쓰기가 많이 힘들었지만 끝내고 보니 참 뿌듯합니다.

 이제는 더 힘든 것도 할 수 있겠다는 자신감이 생겨 큰 보람으로 생각합니다.

2025. 11. 15
정 시 우

차례 ────────────────────────────────

제2부 내 마음의 갈림길

차례 ─────────────────────

제3부 계절의 색깔

제4부 바람의 언덕

차례 ——————————————————————————

제5부 내 마음속은

제1부

날씨는 초록 바람이야

나를 지켜보는 나무

운동장 한쪽에
큰 나무가 있어요

여름엔 그늘 되고
가을엔 낙엽이 돼요

조용히 서 있지만
늘 나를 지켜봐요

얼굴이 빨간 단풍나무
표정이 노란 은행나무

언제나 나를 지켜봐요.

가을이 좋아

으슬으슬 시원한 바람이
창문으로 들어오는 가을 아침
뭐든지 좋은 느낌이다

가을의 시작을 알리는 단풍
보기도 이쁜 단풍 나뭇잎

노랑 빨강 주황
다양한 얼굴이다

이쁘기만 한 색깔들
난 봄이랑 가을이 좋아.

할머니네 집

할머니네 집에 가면
앞마당은 꽃사과와 모과나무
뒤 창가는 노랗고 빨간 단풍나무

이쁘게 꾸며져 있는
앞마당과 뒤 창가
늘 오고 싶은 마음이 들어요

서재에는 책들이
건넌방은 색소폰 부스
작은방에는 여러 운동기구
제각각의 테마가 있어요

언제 가도 다정히 반겨주는
따뜻한 할머니네 집.

흰 구름

하얀 구름이 호수 속에 있다

구름에 가려진 햇빛은
큰 낙뢰가 칠 것 같다

하늘을 구물구물 아장거린다
이쁘고 눈이 부시다

구름을 먹으면
날아갈 것만 같은
솜사탕 같은 흰 구름

어쩌면 저렇게 멋진
그림을 수 놓을까.

연날리기

하늘 위엔 연이
높이 떠 있어요

실을 잡고 달리면
연이 춤을 춰요

바람을 타고
내가 하늘을 나는 것 같아요

가끔씩 바람이 멈추면 연이 떨어지지만
그래도 좋아요

나는 연이 되어 하늘을 날고
훗날 옛 추억이 하늘을 날 거예요.

내 방

내 방은
나만의 세상이어요

책도 있고
인형도 있어요

가끔은 혼자
조용히 있고 싶어요

내 생각을 풀고 싶기도 해요
슬플 때는 혼자서 웃고
기쁠 때는 다 같이 웃어요

내 꿈을 펼칠 수 있는
나만의 세상.

풀잎이 좋아

초록초록한 풀잎
냄새도 모습도
초록초록한 풀잎들

향기가 좋은 풀잎
맛이 씁쓸한 풀잎
다양한 모양의 풀잎

난 풀잎이 너무 좋아
알레르기가 있어도 좋아
어떤 이유여도 난 풀잎이 좋아.

—제30회 2025 둔촌 청소년문학상 장려

내 꿈은

내 꿈은 무엇일까
한 번쯤 생각해본 것

막상 누군가가 물어보면 머리가 하얗고
또 곰곰이 생각하면 모르겠고
아 진정한 내 꿈은 무엇일까

머릿속을 안 떠나는 그 하나의 질문
그것의 답을 알고 싶지만, 모르겠고

꼬리의 꼬리를 무는 그 질문
머리가 빙빙 도는 듯한 느낌이 드네.

연필

삭삭삭삭 연필 소리가 들린다

가만 보면 연필 소리는 아주 듣기 좋다

연필 소리는 무언가 쓴다는 것

연필 소리는 늘 한결같다

몽당연필을 단 한 번도 사용해본 적이 없지만

계속 깎고 귀찮기만 한 연필

연필보다 더 편리한 것이 샤프인 것 같다.

겨울

호호 너무 추운 겨울
사계절에서 제일 추운 겨울

손이 시러워
발이 시러워
코가 따가울 정도의 추위

입으로 입김을 불어보지만
물리치기가 어려운 추위

가을의 향기가 겨울의 향기로 바뀌는
12월 그때가 그래도 내 최고의 달이야.

봄

따사로운 햇살이 비치는 봄

봄만의 향기로 가득한 도시

봄기운은 나른하지만

난 봄이 좋아

마른 잎을 푸른 잎이 덮어주고

꽃이 아름답게 피고

그 속에 뛰노는 아이들과 함께

난 그래서 봄이 좋아.

여름

사계절 중 가장 더운 여름

쏴 시원한 바닷소리

헉헉거리는 더운 여름이지만

바다가 있어 그나마 괜찮은 여름

덥디덥지만 괜찮아

아이스크림 덕에 한층 물러난 더위

난 더위가 싫지만, 여름은 괜찮아.

─제38회 2024 성남문화예술제시민백일장 차하

시 쓰기

많은 생각이 필요한 시
많은 에너지 소모도 또한 필요한 시

시만의 시적 허용 덕분에
그나마 쓰기 쉬운 시

막 어렵진 않은 시 제목도 있지만
어렵게 지은 시 제목도 있는 법

가끔 생각 없이 쓰면
좋은 작품도 또한 나오는 시

그렇지만 가끔 생각이
잘 안 날 때가 많은 시.

날씨는 초록 바람이야

오늘따라 좋은 날씨
이 날씨는 초록 나뭇잎 같지만

아니야 아니야 초록 솔잎이야
라고 말하는 내 친구

아니야 아니야 이 날씨는 초록 바람이야
맞아 맞아 우리 모두 다 맞아

느끼는 게 틀리잖아
우리가 모두 느끼는 대로 느끼는 거야.

해운대 바닷가

핸드폰이 울린다

엄마가 받고 환하게 웃는다
전화가 끝난 뒤 엄마가 말한다

빨리 부산 가자
어?
엄마 친구가 놀러 오라고 한 것이다

나는 바로 짐을 싸고 부산으로 향했다
가는 데도 오래 걸린다

부산에 있는 해운대
드넓은 모래밭이 아주 좋다

해운대 바닷가에서
파도에 쓸리는 모래알 소리
아름다운 추억 오래 간직해야지.

물놀이장에서

세계 여러 나라
그중 가장 안전한 우리나라

하지만 난
다른 나라에도 가보고 싶다

일주일 후
베트남에 갔다

베트남은 너무 더워 물놀이장에 갔다
거기 있는 슬라이드는 아주 길었다
하지만 아주 빠르게 내려온다
아슬아슬 재미있는 물놀이장

그래도 가장 안전하고 재미있는 우리나라.

날씨

어디를 가나 변덕쟁이인 날씨

봄에는 날씨가 변덕쟁이

여름은 날씨가 개구쟁이

가을은 날씨가 새침데기

겨울은 날씨가 으슬으슬

이렇게 날씨는 추웠다 더웠다 변덕쟁이.

수학 공부

어딜 봐도 어려운 수학

이리저리 풀어봐도 어지러운 수학

하기가 너무 싫은 수학

꼭 해야 하는 귀찮은 수학

어렵고 복잡한 수학

왜 수학을 해야 할까.

직업

우리가 사는 세상에
수없이 많은 직업이 있다

사람을 살리는 직업
의사는 사람을 보살핀다

안전을 구하는 직업
군인 경찰 소방관
모든 수색하는 직업이다

농사짓는 직업
농부가 없으면
어떻게 먹고 건강을 유지할까

장사하는 직업
꼭 필요한 직업이다

땅으로 달리고
하늘로 날고
바다로 나간다

나는 어떤 직업을 가져야 행복할까.

새

하늘 높이 나는 새
나도 날고 싶다

어?
나도 하늘이 옆에 있다

옆에도 하늘이 높게 보인다

우리는 비행기가 있다
비행기를 타고 세계로.

제2부

내 마음의 갈림길

상상

내가 머릿속으로 생각하는 것은

모두 다 상상이라는 기억 속으로

내가 멋진 사람이 된 것 같은 상상도

내가 지금 당장 꿈을 이룬 상상도

모든 상상이 다 기억으로 남고

그 기억은 나중에 내 꿈으로 바뀌지.

마라톤

달리고 또 달리고
헉헉 숨이 차지고 힘들지만
포기할 수 없게 만드는 마라톤
완주가 코앞이지만
눈은 점차 흐려지고

쓰러질 것 같지만
결국
완주를 성공해 나가는 나 자신
그 기쁨과 힘듦을 맞바꾼 나

힘든 것이 생각이 안 나고
오직 기쁨만이 생각나게 하는
완주의 기쁨이 생각나는 마라톤.

좋아하는 날씨

맑은 날이 좋아요

햇살이 반짝이고
바람도 상쾌해요

밖에 나가 놀 수 있는
맑은 날엔
웃음이 더 많아요

비 오는 날에는
웃음기가 줄어들어요

슬퍼지는 비 오는 날이에요.

책

알쏭달쏭 재미있는 책
저리 보고 이리 봐도 재미있는 책
하하하 웃고도 웃는 만화책

판타스틱한 판타지 소설
예스러운 이야기 고전소설

다양하고 많은 종류의 책들
아 오늘은 또 어떤 책을 읽지.

학교 종소리

딩동댕동 딩동댕동

종소리가 울려 퍼지는 학교

맑고 경쾌한 학교 종소리

친구들과 놀고 수업을 듣고

그러면 끝난 학교

하교 후에는 친구들과 놀아야지.

한자

이건 왜 이렇지

꼬리의 꼬리를 무는 질문들

이게 어떻게 봐서 불이지

이건 또 어떻게 봐서 물이지

사물의 형태와 비슷한 한자

알고 보면 재미있는 한자

아직도 궁금증이 많은 한자들

어떻게 해야 할까.

물

조르르 조르르

따라지는 물

소리를 들으니 기분이 좋아지는 물

이 소리가 너무나도 좋은 물소리들

계곡에 흐르는 물처럼 마음이 편안해진다

앗! 차가워 뭐지?

아! 나 바닥에다가 붓고 있었구나!

강아지

강아지가 꼬리를 흔들어요
반가워요, 안녕!

산책하러 나가면
앞장서서 뛰어요

강아지는 내 소중한 친구예요
언제나 붙어 다니는
우리는 친한 친구예요

학교에서 오면 제일 먼저
반겨주는 나의 소중한 친구예요.

아이스크림 먹다가

할짝할짝 먹다가도
어느 순간 보면 없어진 아이스크림

아 어디 갔지
앗 바닥에 있는 아이스크림

맛있지만 해님 때문에
녹아떨어진 아이스크림

하 어쩔 수 없지

이젠 해님보다
빨라진 내 동작.

풍선

풍선을 불었더니
점점 커졌어요

하늘만큼 커져서
날아갈 것 같아요

혹시 터질까 봐
조심조심 다뤘어요

혹하면 터질까
조마조마한 내 마음.

내 동생

내 동생은 키가 작아요
말도 아직 잘 못 해요
하지만 나를 보면
방긋 웃어줘요

동생이 있어서
나는 기뻐요

날아갈 것 같은 기분이 들어요
토실토실 예쁘고 귀여운 내 동생.

고양이의 하루

고양이가 야옹
꼬리를 살랑살랑

소파 위에서
쿨쿨 잠을 자요

간식 봉지 소리에
눈이 번쩍 떠져요

귀엽고 예쁜 고양이
눈 깜짝할 사이
온 집안을 난장판 만드는 심술쟁이.

밤비

후드득후드득
비가 휘몰아치는 밤

어둑어둑 후드득후드득
소리는 들리지만
앞이 잘 안 보이는
밤비

무서운 몸 떨리는 밤비

이불 덮고 떨다 보면
결국
잠든 나 자신.

친구랑 같이 있으면

맨날 놀면 우당탕탕

자전거를 타면 와장창

넘어지고 피가 철철

흑흑흑 아파서

집으로 저벅저벅

밴드를 착 붙이고

집에서 쉬고

다시 나가는 친구.

내 마음의 갈림길

이리로 갈까
저리로 갈까
두 갈림길에서 갈라진 내 마음

내 안에서 싸움이 나지만
내 마음이 정하는 길로 가는 나

그렇지만 그곳으로 가기 싫으면
다시 싸우고 또 싸우는
내 마음의 갈림길

결국, 이긴 쪽으로
기운 내 마음
오늘은 오른쪽으로 가야지.

소나기

소나기가 내리는 밤
장독대 뚜껑이 덩덩덩

개울은 풍덩 풍덩
마치 연주 같지

옆 마을은 비바람이 불고
우리 마을은 소나기가 내리네

개구리들은 개굴개굴 계속 울어대고
사람들은 비를 피하며 집으로 들어가지

그렇게 오늘 밤은 개굴개굴 덩덩덩 풍덩 풍덩
마치 합주곡처럼 자연의 음악이 흘러나오는 밤.

—제30회 2025 한민족문화예술대전 초등부 최우수

내 친구들

내 친구는 종류가 많지
히히히 뭐가 웃긴지 계속 웃는 친구
킥킥킥 장난을 치고 웃는 친구
그리고 흠흠흠 콧노래를 부르는 친구들

장난꾸러기 친구들은 계속 장난치고
웃는 친구들은 계속 웃고
그 둘이 만나면 우리 반은 하하 호호 즐겁지

학원에서는 장난치고
학교에서는 웃고
놀이터에서는 콧노래를 부르는 내 친구들

하루마다 상황이 바뀌는 내 친구
우울하면 반이 조용하지
아 내일은 어떤 친구들이 날 기다릴까.

—제30회 2025 둔촌 청소년문학상 장려

내 꿈은

내 꿈은 무엇일까
한 번쯤 생각해본 그 질문

내 머릿속에서 혼자 꼬꼬무
하 진정한 내 꿈은 무엇일까

늘 거짓으로만 말했던
꿈 발표

이번에 진정으로 생각해
그 꿈을 키워야겠다.

팝콘

팡팡 팝콘이 튀겨진다
와그작 와그작 극장 내에서
팝콘 씹는 소리가 들린다

무서운 영화는
팝콘이 펑! 하면서
위로 튀어 오르고

재미있는 영화면
까르륵 까르륵
웃음소리가 극장을 채운다.

바다

아주아주 푸른 바다

바다는 저 멀리 있다

많은 종류의 물고기들이
해수욕한다

나는 바다가 좋다
파도가 오가고 그 파도를 보는
그런 재미가 있는 곳이 바다다

또 바다는 잠깐 여행 오기 좋다
잠깐 놀고 잠깐 쉬는
그런 재미가 있는 바다다

한없이 넓고 푸른 바다를 보며
내 푸른 꿈도 키워 가야지.

제3부

계절의 색깔

눈 밟는 소리

뽀드득 뽀드득 눈

밟고 밟고 밟아도
뽀드득 뽀드득 소리가 나는 눈

금방 녹아 없어지지만
지금 밟아 놓으면 되겠지!

추운 겨울날 엄마 손 잡고
할머니 집에 가던 생각이 나네

뽀드득 뽀드득
눈 밟는 소리가
온 동네에 울려 퍼지네.

우리 집

나만의 안식처 집

안락하고 따듯한 내 보금자리 우리 집

침대에 누우면 천국과도 같은 기분

운동하고 누우면 너무 편한 그 기분

너무 기뻐 소리 지르고 싶은 그런 기분

오늘도 또다시 누운 나

아 이것이 천국과도 같은 기분인가.

겨울바람

겨울바람이
볼을 콕콕 찔러요

코도 빨개지고
손도 시려요

겨울만의 그 냄새가 있어요
난 그 냄새가 좋아요

그래서 나는 겨울이 좋아요.

눈 오는 날

눈이 와요
온 세상이 하얗게 변했어요

손에 닿자마자
사르르 녹는 아이스크림

친구랑 하는 눈싸움
엎어지고 넘어지고
하하 호호

오늘은 친구랑
눈사람 만들어야지

오늘은 어떤 눈사람을 만들까
내가 좋아하는 친구를 만들어 볼까.

봄이 왔어요

꽃이 폈어요

나비가 날아요

따뜻한 햇볕이

내 볼을 만져요

새들도 노래해요

내가 좋아하는

온갖 풀들이 방긋 인사해요

봄이 왔어요

따뜻한 봄이 왔어요.

꽃은

아름답기로 소문난 꽃
가시 뾰족 장미
고약한 냄새 라플레시아
아름다운 라일락
아이 무서워 파리지옥

먹을 수 있는 진달래

각각의 다채로운 매력의 꽃들
아름답고 무섭고 위험하지만
꽃들은 모두 아름다워 눈을 못 떼겠네

아이 좋아 향긋한 꽃냄새
나비도 오고 벌도 와서 꼬시는
향긋한 꽃 냄새들

꽃은 꿀도 주고
향기도 주네.

깨진 컵

빙글빙글 돌리다
와장창 깨진 컵
하 어쩌지

쓱싹쓱싹 붙여볼까
고민에 잠긴다

다시 사야 하나
아님 어쩌나
그래, 다시 사야지

빙글빙글 돌리는 습관
고쳐봐야지.

내 친구

어떤 날에는 화나는 친구
또 어떤 날은 울고
기분이 계속 바뀌는 내 친구
하 또 화내는 내 친구

계속 그런 식인 내 친구
친구랑 같이 있으면 좋지만
또 힘들기도 한 내 친구

감정 기복이 심해 힘든 내 친구
그래도 같이 있으면 좋은 내 친구.

내 몸의 손님

내 몸에 들어온 손님
누구지

콜록콜록 기침이 나오게 하는
내 몸에 들어온 손님

훌쩍훌쩍 콧물이 나오게 하는
내 몸의 손님

에취 병원에 가고
내 안의 손님은 휘휘
휘파람 불며 여유를 부리고

진찰을 받은 나는 약을 꿀꺽
손님은 침을 꿀꺽 삼키지.

계절의 색깔

봄은 연초록

여름은 신록

가을은 갈색

겨울은 흰색

이렇듯 계절의 색은 변하지 않지

난 봄의 연초록색이 제일 좋아

역시 난 봄이 제일 좋아.

여름

너무 더운 날
땀이 줄줄 난다

아 바다에 가고 싶다

기쁜 소식
드디어 바다에 간다

시원하게 물놀이를 마친 뒤
숙소에서 누웠더니
등에서 바다 느낌이 난다

그리고 언뜻 꿈나라행
꿈에서도 신나는 물놀이.

요리

지글지글 치익치익

물 끓는 소리와 전 부치는 소리

소리는 좋지만

가까이 가면 너무 뜨겁다

아야! 소리만 나오는

지글지글한 기름

하지만 완성된 요리는

너무 맛있어.

눈

눈이 오는 날
바닥에 눈이 차곡차곡
온 세상이 하얗다

차곡차곡 쌓일 때마다
내 마음의 기대도
차곡차곡 쌓인다.

—제38회 2024 성남사랑 학생창작글짓기대회 차하

학교 가는 길

학교 가는 길에는
꽃이 피어 있어요

나비가 날아다니고
참새도 지저귀어요

걸어가는 동안 기분이 좋아요
가는 동안 친구와 떠들고 놀아요

집에서 나올 때는 싫지만
막상 오면 좋아요.

우리 엄마

아침마다 나를 깨워주는 엄마

도시락도 싸주고 옷도 골라 줘요

가끔은 혼내지만, 사랑하는 우리 엄마

화나면 무섭지만

늘 날 환하게 반겨주는 우리 엄마.

학교

처음에는 가기 싫지만
가고 나면 알게 모르게 신나는 학교

친구들과 떠들고
친구들과 놀고

또 어떨 때는 화나고
또 다른 날은 슬프고
또 다른 날은 억울한 내 기분

그렇지만 친구들만 있으면
행복해지고 기쁜 학교
알쏭달쏭한 학교.

책 읽기

책 속엔 모험이 가득
바다도 있고
우주도 있어요

책을 읽다 보면
내가 주인공이 돼요

참 신기해요
어떻게 이럴 수 있지
재미있고 알쏭달쏭한 책.

바다 보호

출렁출렁 파도가 일렁이는 바다
첨벙첨벙 파도가 돌에 부딪히고
참방참방 아이들이 놀게 마련해 주는 바다

우리에게 소금과 물고기 등
많은 식량을 주는 바다

우리는 바다에서 많은 먹거리를 얻고도
우리는 바다를 괴롭히지만
바다는 우리에게 음식을 주네

바다를 그만 괴롭히면
바다는 우리에게 더 많은 사랑을 주겠지

파도가 나에게 달려와
함께 환경보호를 하자 하네.

어려운 수학

어떻게 풀어도
어려운 수학

이렇게 풀면 계산 실수
저렇게 풀어도 계산 실수

공식을 외워도
어려운 수학

하, 수학이 이렇게 어려웠나.

청소하기

헉헉 숨이 차도록 했지만
역시 힘든 청소

쓱싹쓱싹해도 먼지가 쌓이고
손도 안 닿고 청소기도 안 닿고
너무 나를 답답하게 하는 먼지와 청소

집이 깨끗한 건 좋지만
힘들면 하기가 싫어지는 청소

하 오늘도 해야 하지만
하기가 싫어지게 하는 매력의 청소

어떻게 하지
그래도 할 건 해야지.

제4부

바람의 언덕

꽃구름 외도

개인 소유의 아리따운 섬 외도
꾸민 곳이 많은 외도
어디를 봐도 참 이쁘게 꾸몄다

동서남북이 다 나무꽃이고
말 그대로 지상낙원

안에 있는 인파도 꽃이다
외도를 둘러싸는 꽃인파

오직 배만이 들어올 수 있는
바다 한가운데의 섬

이 섬은 아직도 꽃구름 공사 중
다시 오면 더 이쁘겠지.

몽돌 해수욕장

몽돌 몽돌 동그란
돌멩이들의 천국

몽돌해변
이쁘고 깍듯이 반듯한
몽돌들이 많은 몽돌 몽돌 한 몽돌들

그곳의 파도는 낮지만
파도가 치고 난 후부터 하이라이트

가만히 듣고 있으면
돌에서 물이 빠져나가는 소리는
아주 예쁜 몽돌해변
아 그곳에서 돌을 가져올걸…

매미성

불법으로 건축되었다는데
인기가 많은 매미성
아직도 공사하고 있는
계속 쌓고 있는
개인의 성 매미성

오랜 세월이 지났지만
아직도 인기인 매미성

하, 그곳은 어떤 곳일까

나도 지을 수 있겠지
나도 짓고 싶지만

엄청나게 큰 규모의 매미성
나중엔 가지고 싶다.

통영의 풍경

통영 바다가 보이는
출렁이는 통영시
볼거리 먹거리가 풍부한
재미난 도시 풍경

꿀빵도 맛있고
몽돌해변도 드넓고
최초의 해저터널도 있는
아름답고 바다의 냄새가 많은

통영 대교 한려수도
조명 케이블카 고깃배

섬 섬 섬 전망도 이쁘고
놀 것도 많은 도시
통영시.

해저터널

전국 최초의 해저터널
그 안에는 콘크리트지만
바다 전망이 안 보이지만

최초라 하기에는
볼거리가 없지만
그래도 나름 재밌는 해저터널

그 안에는 통영에 대한 것이
통영의 역사가
펼쳐져 있는 해저터널

비록 안에는 부족했지만
보기에는 좋은
통영시의 제2 랜드마크 해저터널.

꿀빵

통영의 전통 빵 꿀빵
전통 빵인 만큼
맛도 있는데

많이 먹으면 물리게 되는
통영시의 랜드마크 꿀빵

꿀빵은 달지만 고소하고
많이 먹으면 물리지만

우유와 함께하면 맛있는
통영의 랜드마크 꿀빵.

루지

전국 최초의 뉴질랜드 루지
3.8km의 루지
거리가 먼 만큼 그것의 재미도 늘어나고
전망도 늘어나는
스카이라인 루지

바다가 보이는 코스
인기 많은 코스 등
많은 코스가 있는 스카이라인 루지

4개의 코스가 있는 루지
다시 한번 타고 싶을 정도로
즐거웠던 루지체험

뒤돌아서 다시 한번 가보고 싶다.

거제도

거제는 통영과 가까운
섬마을 거제도

배 타는 항구가 많은 거제
섬 자체가 이쁜
하나의 나라 거제도

그곳은 통영을 가면 꼭 가야 하는
필수 코스 첫 번째

시원한 바람이
동서남북으로 나에게 오고

내가 가도 바람은 날
쫓아오는 그런 도시 거제
다시 가고 싶다.

바람의 언덕

심심한 한낮
잔잔한 바람이
근처만 가도 확 부는
바람의 고향
바람의 언덕

그곳은
바람의 향이 넘쳐난다

시원하게 바람을 정통으로 맞을 수 있는
단 하나뿐인 바람의 언덕

기이하게도 잔잔한 바람은
바람의 언덕 근처만 가면
거세게 부는 바람

바람이 쉬어가는 쉼터
그곳은 분명 바람의 고향일 것이다.

선풍기

휘익 휘익

큰 선풍기는 바람이 매우 세고

획획 작은 선풍기는

바람이 너무 약하다

하 어느 정도의 선풍기가 좋을까

아직도 고민 중인 나.

소풍 날

오늘은 소풍 가는 날
아침부터 신나요

도시락도 싸고
모자도 썼어요

친구들이랑 함께
재밌게 놀 거예요

상상만 해도 신나는 소풍
오늘도 재미있게 갔다 와야지.

먼지들은

작은 먼지들
내가 쓸고 있는 지금
이 순간에도
계속 쌓이고 있는 먼지들

가만 보면 먼지들은
중력을 가르는 듯하게
아래에서 위로 계속 계속
불빛을 따라 올라가는 것 같은 먼지

지금도 자세히 보면 올라가는 먼지
도대체 어떻게 올라가는 거지

먼지가 공기보다 가벼운 건가.

그림 그리기

하얀 종이 위에
무엇을 그릴까

하늘도 그리고
꽃도 그리고
내 마음도 그리면

내 마음 가득 들어간
내 이쁜 그림

그림은 내 마음대로 그릴 수 있어 좋아.

비 오는 날

비가 주룩주룩
창문을 두드려요

우산 쓰고 나가면
신발이 퐁당퐁당

비 냄새가 가득한
기분 좋은 날이에요.

하늘

저 멀리 보이는
하늘 그 너머에는
뭐가 있을까

궁금증이 많이 생기는
하늘

뭉게구름 새털구름
아름답게 수놓아진 하늘

너무너무 올라가 보고 싶은
하늘

내 꿈이 너무 큰가.

세계문화유산

1400여 년간의 역사를
가지고 있는 문화재
남한산성

만리장성처럼 아주 긴 요새
조선 시대에 큰 전쟁으로 인해
인조가 피신한

가슴 아픈 역사를 안고 있는
남한산성

2014년 세계 유네스코로
등재된 국가사적 제57호

세계가 주목하는 자랑스러운
관광명소

우리가 지켜야 할 세계문화유산
남한산성.

남한산성

옛날 굴욕이 있었던 남한산성

그곳에 트라우마가 방치되었던 남한산성

청나라와 치열하게 싸웠던 흔적

피신해 있던 인조 왕은

어떤 심정이었을까

하지만 결국 한국이라는 나라가 발전하였다

관광명소가 된 남한산성

아름다운 경치를 보여주는 남한산성

오는 사람들이 점점 더 많아져

인기 명소가 된 남한산성.

—제31회 2024 대한민국청소년문화예술대전 초등부 최우수

우주

이리로 가고 저리로 가도
끝이 없는 우주

일 년이 지나고 십 년이 지나도
의문투성이인 우주

언제쯤 우주의 진리를 알 수 있나
누구든지 가질 수 있는 궁금증

우주에는 끝이 있나
대답을 못 해주는 질문이지
언제쯤 우주를 알 수 있을까.

우리나라

사계절이 뚜렷한 우리나라
추울 땐 춥고 더울 땐 더운 우리나라

남북이 분단된 우리나라

전쟁으로 사이가 나빠진 남과 북
서로서로 붙을 생각이 없는 남과 북

우리가 먼저 손을 내밀면
바로 뿌리치는 북한
통일할 마음이 없는 북한

세계 여러 나라
그중 가장 안전하고 살기 좋은 우리나라

한반도여!
우리는 과연 통일할 수 있을까.

―제29회 2024 한민족문화예술대전 최우수

이름

예쁜 이름
안 예쁜 이름
특이한 이름

종류가 많은 이름

똑똑하게 보이는 이름
못생기게 보이는 이름

이처럼 많은 종류의 이름

내 이름은 어떨까
이쁠까 멋질까 특이한가.

제5부

내 마음속은

좋아하는 색

나는
파란색이 좋아요

하늘 같고
바다 같아요

마음도
시원해져요

나를 닮은 색
파란색이 최고예요.

할머니와 탁구

똑 딱 똑 딱

할머니와의 핑퐁

딱딱 소리만 울려 퍼지는 탁구장

헉헉 숨이 차오르지만

이기고 싶은 승부욕들

결국, 승리를 거머쥔 나.

잠잘 시간

이불에 들어가면
하루가 끝나요

눈을 살며시 감고
좋은 꿈을 꿔요

오늘도 수고했어요
이젠 잘 자요

나에게 보내는 따스한 한마디로
하루를 마무리해요.

반 친구

반 친구들
얼굴을 보면
하루가 즐거워요

같이 놀고
서로 도와주는
우리는 하나에요

서로 어려우면 돕고
그런 게 우리예요
난 우리 반이 참 좋아요.

달님에게

밤하늘 달님에게
속삭여요
조용히
오늘 하루 잘 지냈어요

고마워요 달님
나쁜 꿈 없게 지켜 주세요

늘 밤하늘이 예쁘게 해주세요
오늘도 고마워요 달님.

개구리와 소나기

타닥타닥 하늘에서 내리는 소나기

옆집 장독대는 투둑투둑 음악이 되고

우리 집 연못은 퐁당퐁당 음악이 되고

비가 내리면 모든 게 음악이 되는 소나기

소나기가 내려 옆 마을은 물이 첨벙첨벙

우리 마을은 바닥이 질퍽질퍽

하지만 개구리들은 개골개골 기쁨의 소리를 내고

우리는 골골만 하는 소리를 내게 하는 소나기.

친구와 웃기

친구랑 눈 마주치면
우리가 킬킬 웃어요

같이 놀다 보면
시간이 금방 가요

나를 이해해 주고
웃어주는

친구가 있어서
나는 참 좋아요.

기침

내 몸에 감기 왔을 때
콜록콜록 기침이 나고
목을 아프게 하는 기침

너무 많이 해서 목이 쉬고
배도 아프게 하는 기침

물을 마셔도
물을 머금고 있어도
계속 콜록콜록

어떻게 해야지 기침이 멈출까?
너무 힘들어 식은땀도 나게 하는 기침

다시는 보지 말자고 말하고 싶네.

노래 부르기

원래부터 인기 있는 노래들

그전에는 유명하지 않았지만

유명해진 노래들도 있고

처음부터 유명한 노래들도 있는 노래

어떤 노래는 아주 완벽히 신나는 노래

다른 건 슬프고 잔잔한 노래들

음색도 다 다양한 노래

노래를 따라 부르면

어느새 기분도 좋아지는 노래.

제목 붙이기

어떻게 할지 생각이 나다가도
안 나는 제목

이건 아닌 것 같고
저것도 아닌 것 같다
하 어떻게 짓지?

이것도 저것도 다 아닌 것 같은 제목
드디어 지었지만
한 개 더 지어야 하는 제목

아이디어도 없고
특별한 제목도 없고
이번에는 어떻게 지어야 할지

앞길이 막막하고 머리가 하얘지는 제목.

나쁜 손님

똑똑 누군가가 내 입속을 두드리고
난 벅벅 긁고 내 입안을 열어주지

손님은 목을 통해 내 위장에 가고난 그 이후로 아파지고

아 손님을 괜히 들여보냈나?

이 손님은 나를 아프게 하는 나쁜 손님이네
라는 생각과 함께 난 더욱더 아파지네

그 후로 난 손님을 안 들여보내는 습관이 생겼지.

간식 시간

배꼽시계가 울리면
간식시간이 와요

쿠키 하나 입에 넣고
우유도 꿀꺽 마셔요

달콤한 간식은
기분 좋게 해요

기분 좋은 간식
무엇이든 하고 싶은 마음이 들게 해요.

TV 앞에서

재미있는 것들로 가득 찬 TV

예능, 신비한 다큐멘터리 등등

신기루로 가득 차 있는

TV 화면만 집중하다 보면

시간은 흘러가고

나도 TV에 한번 나와보고 싶은

내 마음은 들썩들썩한다.

샤프가 더 좋아

깍지도 않고 아주 편한 샤프
잘못하면 부러지지만
잘 쓰면 좋은 샤프

샤프심은 사기 귀찮지만
그래도 좋은 샤프

내 취향은 역시
연필보다 샤프인 걸로.

구름

하얗고 뽀얀 구름
한번 만져보고 싶지만
턱없이 부족한 거리

아 산으로 올라가 만져보려 하지만
닿을락 말락

계속 밀고 당기는 구름
하 이대로 포기할까

구름은 하늘의 마술사
바람 따라 이동하는
바람은 구름을 도와줘.

지우개

쓱싹쓱싹 빡빡 문지르는 지우개
내가 쓴 글씨를 사라지게 만드는
신기한 지우개

한번 떨어뜨리면
바닥에 포탈이 생긴 것처럼
감쪽같이 사라진 지우개

아무리 생각해 봐도
한 번도 단 한 번도
다 써본 적이 없는 그것 같은
요술쟁이 지우개.

화산

엄마 마음속 화산

내가 잘못하면 펑! 타지고

내가 큰 실수를 하면 펑! 펑! 터지고

나도 속마음이 펑! 터지고

모두 다 속마음이 펑! 펑! 펑! 터지고

이렇게 모두의 마음속에는 화산이 펑.

—제51회 2024 성남문화예술제시민백일장 장려

내 마음속은

내 마음속은 사계절

친구들과 놀 때는 봄

운동이 끝나고 집에 가는 길이면 여름

마음의 안정이 오면 가을

너무나도 추우면 겨울

언제나 가고 오는 사계절

이렇게 내 마음속은 사계절.

감기

바람이 휭 부는 날
몸이 으슬으슬하다
아무래도 감기에 걸린 것 같다

이불 안에 들어가 있는데 엄마가 부른다
'빨리 와서 죽 먹어'
나는 먹기가 싫다

다음날
감기가 잘 나아서
밖에서 친구들하고 놀았다

건강한 몸의 소중함을 느낀다.

노래

듣다 보면 저절로 몸이 흔들흔들
또 엉덩이가 들썩들썩
아이 신나 어깨춤하고

듣다 보면 나도 모르게
중독되어 있는 노래

어느 순간부터 난
그 노래를 중얼거리고
내 발은 박자를 타고

정말 신나는 노래
듣다 보면 또 듣고 싶어지는 것이
노래의 매력.

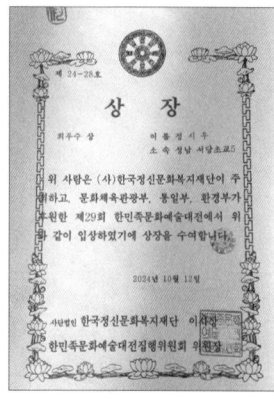

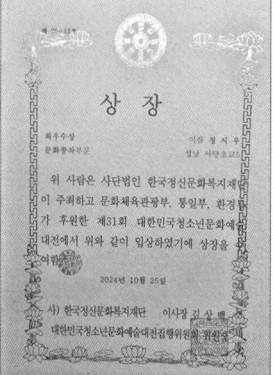

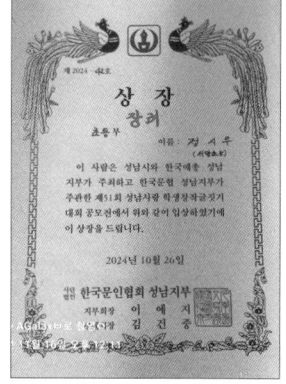

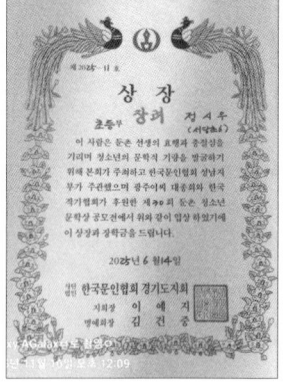

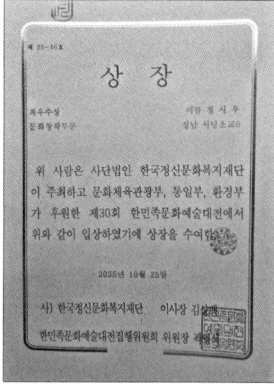